Te quiero, niña bonita

ESCRITA POR ROSE LEWIS   ILUSTRADA POR JANE DYER

Te quiero,
niña bonita

SerreS

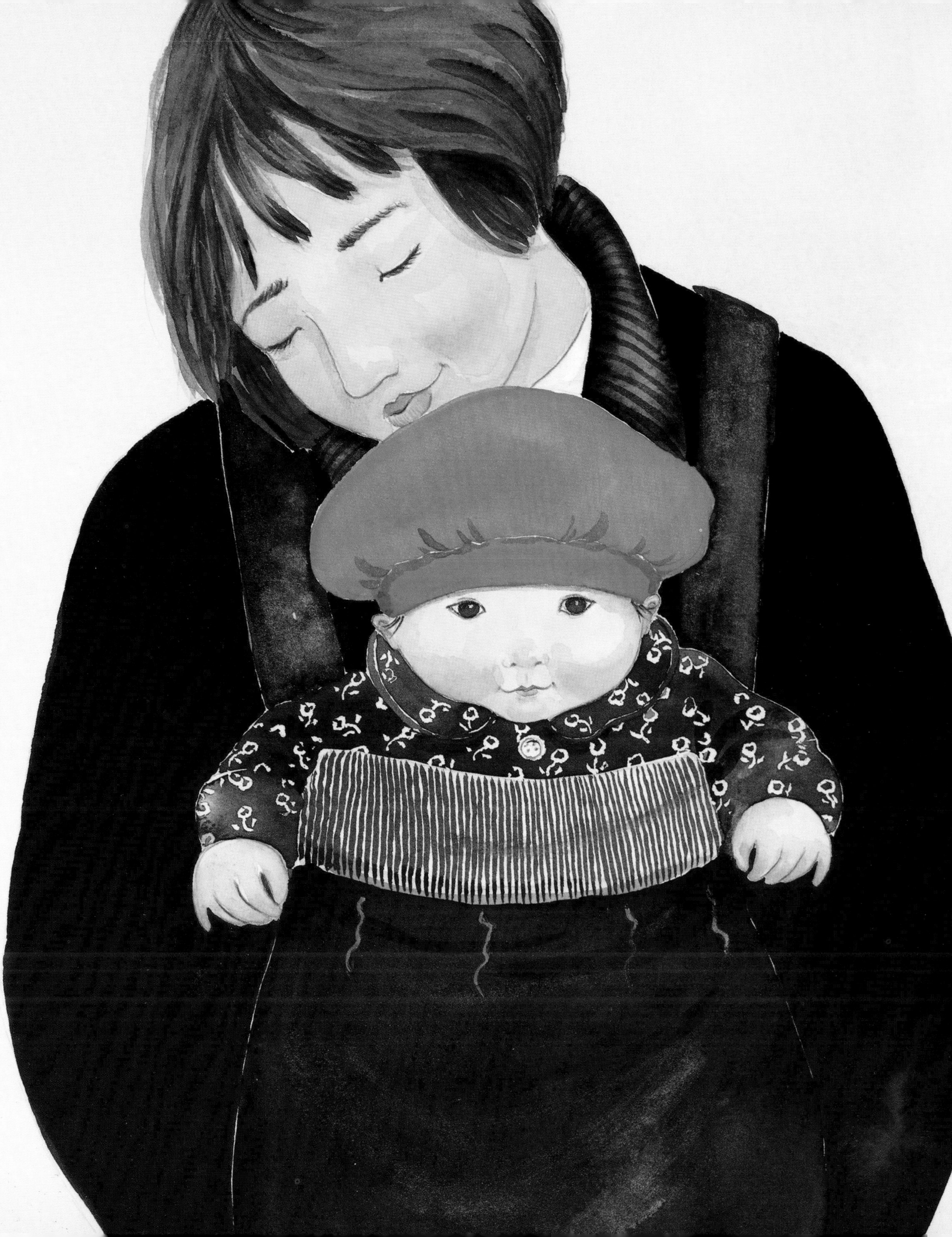

Para más información o para empezar tu propio viaje, visita www.fwcc.org

Título original: *I love you like crazy cakes*
Editado por acuerdo con Little Brown and Company (Inc.), Nueva York

© del texto, Rose A. Lewis, 2000
© de la ilustración, Jane Dyer, 2000
© de la traducción, José Morán Ortín y Marta Ansón Balmaseda, 2002

Compaginación: Editor Service, S.L.

© de esta edición, RBA Libros, S.A., 2007
Santa Perpètua, 12-14 — 08012 Barcelona
Teléfono: 93 217 00 88
www.rbalibros.com / rba-libros@rba.es

Primera edición: 2002
Primera reimpresión: 2003
Segunda reimpresión: 2005
Tercera reimpresión: 2007

Referencia: SLHE041

ISBN: 978-84-8488-054-7

Depósito legal: B. 23872-2008

Impreso en Egedsa

Las acuarelas de este libro han sido realizadas en acuarela sobre papel calandrado Waterford 140 lb.
El texto ha sido compuesto en Eva Antiqua Light y la cubierta en Shelley Andante Script y Eva Antiqua Heavy.
El autor de la caligrafía china de la página 32 es Víctor Ting-Feng Hsu.

Para mi hija, Alexandra Mae-Ming Lewis

R. A. L.

Para mi querida amiga Jan, y para su hija

Jessica Hee Sook Martyn

J. D.

ÉRASE UNA VEZ, en China, una niñita que vivía en un gran cuarto con otros bebés.

Las niñas dormían juntas en la cuna y, por eso, eran muy amigas. Además tenían niñeras que las cuidaban muy bien, pero aun así todas echaban algo de menos: una mamá.

Muy lejos de allí, al otro lado del océano, vivía una mujer que, aunque tenía muchos amigos, también echaba algo de menos: un bebé. Esa mujer era yo.

Un día me decidí a escribir una carta a las autoridades de China y les pregunté si podía adoptar a una de las niñas del gran cuarto.

Unos meses más tarde, recibí la respuesta con la foto de un bebé precioso... que eras tú. La gente de China decía en la carta que podía adoptarte si prometía cuidarte bien. ¡Y, por supuesto, lo prometí!

Unas semanas después, hice las maletas y metí en ellas un montón de cosas para ti: juguetes, cuentos, pañales, comida y ropa...

Y me subí a un avión que me llevó en un larguísimo viaje hasta China. En ese mismo avión viajaban también otras familias que iban a recoger a otros bebés.

Yo iba muy nerviosa e impaciente porque estaba deseando abrazarte.

Al día siguiente, las niñeras os trajeron a ti y a tus amiguitas desde el campo a la ciudad, para que pudiéramos conoceros.

Yo estaba tan contenta que se me saltaron las lágrimas al tomarte en brazos... Tú también llorabas.

¡Llevaba toda la vida esperándote!

Te llevé a mi hotel y te senté en la cama para verte bien.

Ya te mantenías solita.

Parecías una muñeca blanda y suave, de mejillas sonrosadas. Cuando me miraste con esos grandes ojos marrones, comprendí que estábamos hechas la una para la otra.

—Te quiero, niña bonita —te susurré.

¿Cómo era posible? ¿Cómo podía nacer tanto amor a tanta distancia? ¿Por qué una niña de China, un país tan lejano, me había robado el corazón?

La primera noche te acosté en la cuna, y te arropé
con una sábana y una manta nuevecitas que había traído
de mi país.

Y besé cientos de veces tus manos y tus piececitos.
Te quería más y más cada minuto.

Cuando no estabas dormida, jugaba contigo.
Una vez te puse un sombrero y te hice una foto.
Y cuando dormías, no podía dejar de mirarte
(yo creo que en realidad estabas despierta y te hacías
la dormida para poder descansar de tantos juegos).

El viaje de vuelta a casa fue muy largo. Al principio, de pie en tu asiento del avión, sonreías al viajero de detrás y a las azafatas, que estaban encantadas contigo. Luego te dormiste como un angelito, mientras el avión iba adentrándose en las nubes.

En realidad, aquello era el final de un emocionante viaje y el principio de otro.

Cuando por fin aterrizamos, tus nuevos abuelos, tías, tíos, primos y amigos estaban esperándote para darte miles de besos y abrazos.

Todo el mundo quería abrazarte.

Tu primo pequeño te acariciaba la manita.

Y tú te echaste a llorar cuando te separaron de mí y sólo te calmaste cuando te devolvieron a mis brazos.

¡Qué rápido nos habíamos acostumbrado la una a la otra!

En tu nuevo cuarto había muchos juguetes y peluches.
Y, por supuesto, una cuna nueva.

Todos te mirábamos mientras explorabas la habitación por primera vez.

Y tú nos sonreíste, como diciendo: "Esta es mi casa".

Empezaron a llegar flores, tarjetones y regalos.
Y mucha gente que venía a conocerte.

Cuando por fin todo el mundo se fue, al llegar la noche del primer día en tu nueva casa, te llevé a tu cuarto, te di el biberón, te canté una nana y te mecí hasta que te dormiste.

Entonces, te abracé fuerte, te besé con cuidado y lloré.

Lloraba por tu madre china, que no podía tenerte.

Quería que ella supiera que siempre la recordaríamos.

Deseé que, de algún modo, ella pudiera saber que su bebé estaba sano y salvo y feliz en el mundo.

"Amor" en chino se
escribe con un ideograma que
tiene un corazón en el centro.